羅小白
我相信我的擲特

散文寫真　全紀錄

羅小白・著

Chapter 1

你好！我是羅小白

請叫我羅小白 010

眼鏡就是我的安全感 012

小白日常 015

棉花糖的回憶 026

斷不開的關係 031

好習慣？壞習慣？ 042

愛哭可以嗎？ 046

對的人 054

Dream will come true 059

Chapter 2

我相信我的獨特

找自己 069

享受挑戰 071

改變的開始 074

表演的態度 078

成長單選題 081

咚滋搭滋小插曲 086

等待下一個雨天 089

我，休學了 092

站上街頭的資格 100

I'm not the best   103

被拆解是這麼一回事   105

龜毛的人   112

人生快樂組   114

林俊傑的私訊   118

舞台 KTV   121

不完美的完美   123

從眼神開始   130

追隨那道光芒   132

全新的每一步路   135

Chapter 3

前輩們教會我的事

黃子佼：比起食安風暴，進入演藝圈更重要的是「腦」安   140

娛樂記者帽帽：懂得發自內心，就算整形也能讓記者放過你   146

這群人：從網路老鳥變成演藝圈新人   150

牧師顧其芸：小白是難得的女兒   156

Chapter 4

把最後留給最重要的人，我的白家人

白家人的陪伴   162

一起破紀錄   166

每一個讚   168

你最想問小白的問題——粉絲 Q&A   171

你好！
我是羅小白

我是小白，很小的小，很白的白。
我愛打鼓、我愛表演，
除此之外，
我還有很多你們不知道的秘密。

○○ 請叫我羅小白

我是小白，沒錯就是蠟筆小新裡最忠心的小白！
小白這個名字從我升上國中後就一直跟著我，
但國中時我是廖小白，高中後我變成羅小白，
為什麼會這樣呢？
因為白爸爸姓廖，白媽媽姓羅。
為什麼改姓羅呢？
因為這樣我就變成台灣原住民的一份子啦！

為什麼我被叫做小白呢？
國中新生訓練的第一天，也是第一次碰到我的國中同學們，
當時全班正一起參觀校園，我們進入了天文館裡，
老師讓我們在星象教室裡面看星星，
大家找到位子後，也開始認識坐在一旁的新同學，
記得當時旁邊的同學問我：「哈囉，你叫什麼名字？」
我很害羞小聲地回應她：「我叫廖仕茹。」
這時老師要讓我們看星星於是把燈關了，
她說：「哇！你的腿好白喔！我可以叫你小白嗎？」

白爸爸姓廖,白媽媽姓羅,
奇怪就是沒有人姓白。

就這樣,小白這個名字已經跟了我十年。

很多時候我甚至忘記自己叫羅仕茹了。
而且有時候不止我會忘記,高中時,
有一個教了我好幾年的老師還拿著我的作業本問:「羅仕茹是哪位?」

我喜歡、也習慣大家叫我羅小白,
如果有人叫我羅仕茹的話,我反而會有點害怕、緊張。
為什麼呢?我來舉例給大家聽!
我的高中班導每次點名、找我時都叫我羅小白,
但當她叫我羅仕茹的時候,我就知道一定是我考試考差了或做了什麼
壞事!
所以如果沒有什麼意外的話,請一定要叫我「羅小白」!

謝謝大家。

我有四分之一
阿美族血統的啦!

○─○ 眼鏡就是我的安全感

我其實算是一個外表還滿多變的人，
打扮的風格常常會跟著年齡的成長或環境的不同而變化！

現在大家看到的我，
應該都是綁著馬尾，戴著帽子，
配上一副黑色粗框眼鏡，然後穿著中性。
我不是一直都這樣的，
在高中時期，尤其是高三的時候，
我很喜歡穿飄逸長裙，
然後細針織的衣服，還有美麗的涼鞋，
整體來說，就是「少女系」打扮。

現在的我為什麼穿著會和高三時的少女系差那麼多呢？
我想是跟打鼓這件事非常有關係的！

開始表演打鼓以後，其實表演的頻率還滿高的，
至少每個禮拜六日都會表演，

打鼓的時候腳要打開開，

所以後來在購買新衣時，裙子就慢慢被我捨棄了，

以前我會穿短褲打鼓，

但因為怕太短會曝光，

所以後來改穿五分短褲，

一穿之後發現五分短褲真的是透氣又自在（因為看不到大腿肉抖動）。

帽子的部分呢，

則是因為常常在戶外表演，

頭髮很容易被風吹亂或分岔，

但如果紮了馬尾再戴上帽子的話，就可以省去這些擔憂，

而且戴帽子在冬天可以保暖頭部，在夏天可以遮陽，

簡直一舉數得！

最後就是眼鏡了！

常常有很多人會問，就是「這眼鏡到底有沒有鏡片？」

在這邊和大家說明，

它「沒有鏡片」，它是一個「造型」、「裝飾品」，

我也常常跟別人說：「眼鏡是我的安全感來源。」

因為它陪伴我走了很多路程，也讓我有一個造型上的辨識度，

所以讓我有一些依賴！

為什麼會堅持要戴眼鏡呢？
如果你們有發現的話，早期的街頭表演，
其實我有時候會戴眼鏡有時候不會戴，
後來有一次跟朋友的聚會，我沒有帶眼鏡出門，
碰面的時候，
朋友說：「疑？怎麼沒有戴眼鏡？差點認不出來！」
我才決定，以後出門我都要帶著它。

最後，如果你想要看到我穿裙子或不戴眼鏡的話，
可能是要在特殊場合或特別需要，我才會這麼做！
當然我也不會這樣一輩子，
我會試著依年紀的變化和需要，
持續做下一個改變的！

所以……敬請期待！

最終我還是一個可愛俏皮的女孩兒。

不斷地變化人生才不會無趣嘛！

○○ 小白日常

或許你們會好奇，我的日常生活是怎麼樣子的？

其實我的生活非常地簡單，
通常就是家、教會、公司、鼓室、表演，
看起來非常單純，卻也很忙碌。

家是我休息之處，也可以說是避風港，
是最能讓我安靜的地方，尤其是在夜裡，讓我能做很多事。

教會則是我第二個家，平均一天會有三個小時左右待在那，
在教會都在幹嘛呢？
感覺上好像沒做什麼，實際卻做了好多，
我在教會裡學習改變自己、學習打掃、學習接待人事物，
學習聽自己和他人說話、學習關心、學習管理……太多太多了！
可以說我的青少年時期就是在教會長大的！
而這樣的生活不會改變，會一直到我很老很老都還是這樣，

不為什麼，只因為這是我第二個家。

公司，是一個讓我預備、讓我成長的地方，
我很喜歡我的經紀公司，因為大家都像一家人一樣，
彼此幫助、彼此學習，大家各有所長也都互相交流，
我們陪伴著彼此突破，我們陪伴著彼此挑戰、精進。

鼓室不用多說當然是練鼓的地方，
當我以上三個地方的活動都忙完時，
就會安排自己到這裡，這裡是個讓我擴充的地方！
我會在這裡思考我的表演形式，也會在這裡嘗試不一樣的表演，
它也是一個練習的地方，
因為它是一個很個人的空間，
所以我可以在裡面大聲地唱歌，也不會有人打擾我，
如果空間夠大的話，我也可以在裡面練舞，哈哈！

再來就是表演，
表演對我來說是一個很開心又很雀躍的地方，
因為能和我愛、愛我的粉絲們見面。

不管怎樣，生活就是
要過下去，不斷學習
和前進才叫做人生啊。

但它也是一個驗收成果的地方，
因為每一次表演都是唯一的一次，
所以每一次都要盡力做到最好，
才對得起自己和身邊的每一個人！

有時我也會有一些休閒娛樂，
最常做的就是看電影、逛街，偶爾還喜歡去遊樂場玩！
我喜歡看電影，因為它會帶我到另外一個空間，
享受不一樣的情景和狀態！
至於遊樂場呢？
其實那對我來說就是一個抒發壓力的地方，
好玩又能累積點數換禮物，
不瞞你們說：我可是湯 X 熊的忠實會員呢！

最後……不要想堵我，
我有一招功夫叫做「來無影，去無蹤」！

最近開始嘗試了一些比較不同的造型，比方說……暫時拿下眼鏡，畫了淡淡的妝，發現即使不穿裙子，也有點小小的女人味，雖然有點不像我，但我還滿喜歡的！

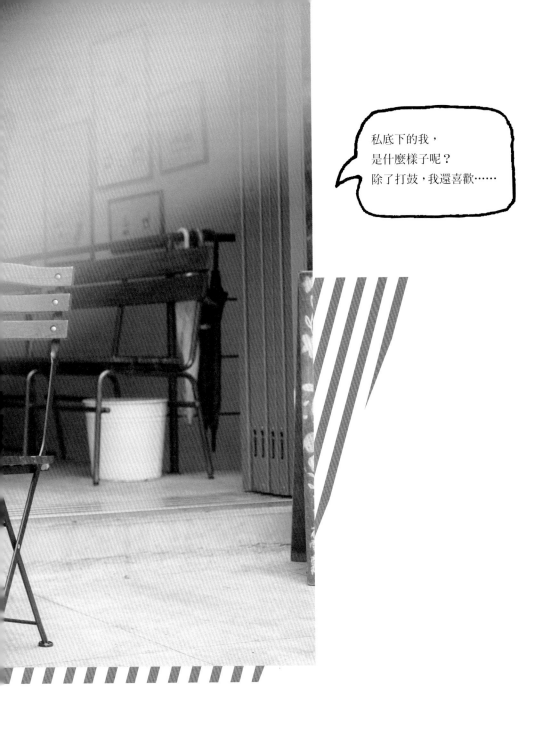

私底下的我，
是什麼樣子呢？
除了打鼓，我還喜歡……

我的生活其實很平凡，就是
為了夢想而努力，為了成長
而奮鬥，為了增進而不停
歇，累了休息再繼續。

◯━◯ 棉花糖的回憶

說到吃，其實我是一個滿挑食的人！
如果我喜歡的話，再多我都願意，
但如果我不喜歡的話，縱使用三寸不爛之舌來說服我，
我願意吃的機率依舊非常非常小。

從小我最喜歡吃棉花糖，
不是便利商店買得到的那種小小圓圓的，
是用砂糖和一支細長竹籤慢慢捲起來的那種，
也就是夜市常見的「傳統棉花糖」啦！

為什麼喜歡呢？
不只因為它入口即化，更因為它是一個美好的回憶！

國小放學的時候，
校門外不定時都會有一個賣棉花糖的伯伯，
每次看到他，我都會拉著爸爸媽媽說我想要吃，

有時候運氣好就吃得到，

有時候爸媽還沒來接我，也只能癡癡望著他離開了。

每次放學，我都會等爸爸媽媽來載我回家，

有一次他們遲到了，我等了好久好久，

從校門口很多人，到剩下一點點的人，

我一個人坐在校門外的椅子上，

等啊等，等啊等，突然一陣香味飄過來，

是棉花糖的味道！

看到小朋友們拉著爸爸媽媽去買，

我也好想要，身上卻沒有零用錢，

只好繼續等，等啊等，

直到校門口只剩下我一個人。

當我開始有點生氣為什麼爸爸這麼久還沒來的時候，

賣棉花糖的伯伯突然在我身邊坐下，

我心想：伯伯可能站久腳痠了，所以休息一下！

沒想到，伯伯竟用湯匙在機器裡挖了好多的棉花糖出來，

然後拿給我說：「妹妹，這個給你吃。」

頓時我心中的怒氣都消掉了，
我說了謝謝後就開心的把它吃掉，
吃完爸爸剛好也來了，我跟伯伯說了再見就走了。

也因為這個放學後的小事件，棉花糖從此在我心中占了一個位子，
不只是棉花糖本身的甜，更因為這份甜留在我的心裡，
所以當我不開心的時候，
請給我棉花糖，沒有意外的話你就能說服我！

有喜歡的，當然也會有不喜歡的，
我不喜歡的就是「香蕉」。

其實我小時候很喜歡吃香蕉，
因為我很喜歡往高處爬來爬去，
甚至曾經有一度我還以為自己真的是一隻猴子呢！
但後來討厭香蕉，也是因為發生了一個意外。

國小某一年的暑假我參加了一個營隊，
我在營隊裡面也認識了許多好朋友，
某一天的早餐時間，
我們幾個好朋友圍在一起吃早餐，
玩起在對方的碗裡面加料的遊戲，
有人想要在我的稀飯裡面加香蕉，
他問我敢不敢？我想說我本來就愛吃應該沒差！
於是就這樣配下去吃進肚子裡了，
結果過了三分鐘左右，
我覺得肚子很不對勁，就去垃圾桶前想把東西吐出來，
雖然後來沒有吐出來，
但那個「神奇」的味道卻一直在我嘴巴裡面，
於是從那一天起，我就不再吃香蕉了！
因為它總是會讓我想起那個不對勁的味道⋯⋯

當然我知道我不能逃一輩子的，
因為香蕉是非常棒的水果！
所以我會開始學習接受它，
但請不要逼我，謝謝大家！

不要懷疑！
我沒吃過香蕉巧克力。

⚭ 斷不開的關係

我出生在一個吵吵鬧鬧的家庭裡，
我常常會跟別人形容我們家就像卡通「我們這一家」一樣！
是真的，每一次看那部卡通都有一種身在其中的感覺。

我家有一個爸爸、一個媽媽、一個姊姊、一個弟弟、一隻小狗，
還有一個大我十歲的哥哥，看起來很平均，感覺什麼都有了！

小時候我很討厭我的弟弟，
因為在他出生以前大家都說我很可愛，
他一出生後，大家都說他很可愛！
但我現在很愛我的弟弟，
因為他長得超帥、腿又很長、也很照顧姊姊。

小時候我也很討厭我的姊姊，
因為她都說我長得很奇怪很像外星人，
然後也因為她，我總是不能買新衣服，

只能穿姊姊長大後穿不下的衣服！
但現在我不討厭我姊姊了，
長大後才發現，
有一個隨時可以陪我一起逛街的姊妹是一件多麼幸福的事！

小時候我很怕我哥哥，
因為他總是把門鎖起來，
只要我們這些小小孩一闖進去，他就會暴怒！
但自從他給我吃了一個大便棒棒糖後，
我才發現我哥原來那麼幽默，而且是一個濃眉大帥哥！

小時候我是著名的無尾熊，
我很愛撒嬌、很愛抱抱，
所以不是緊黏著爸爸就是緊貼著媽媽！
但我覺得有可能是小時候我太黏了，
變成現在我媽媽很懷念我黏著她的時光，
只能說人都是會長大的啊！
我媽卻常說：「翅膀硬啦！想飛啦！你都不知道你小時候 @$^%#@……」

世界上斷不開的關係
是親人，回想曾經討厭
都變成最美的回憶了。

我爸爸則是數十年如一日啊，
服裝風格、髮型從未改變過，
常常回顧小時候照片的同時，
發現他身上穿的衣服竟然跟照片上一模一樣！
總覺得，這應該是爸爸不老的祕技吧。

我家很熱鬧，家人之間總是像朋友一樣打鬧，
上一秒打架，下一秒和好，
前一天鬧革命，隔天一起看連續劇。

我想這就是誰都無法阻撓的「親情」吧！
而這也是專屬於我的「我們這一家」。

○─○ 好習慣？壞習慣？

人生呢，活著就是有一些習慣是改不掉的，
有一些是好習慣，有一些是壞習慣，
但怎麼分好壞？這又見仁見智了！
所以不如不分好壞了，
我們來講一些「特殊的習慣」吧，就簡稱它為「怪癖」好了！
講怪癖可能又會覺得怪怪的，但怪癖就是比較屬於我個人的嘛，
分享這個大家可能會比較感興趣，哈哈哈！

怪癖一：從小就愛「咬指甲」

大家看到的第一眼一定會覺得，這是一個壞習慣，
我也覺得這或許是個壞習慣，
而且過了二十二個年頭我怎麼樣都改不掉，
但有時候卻覺得其實也還是有小優點的！
比方說從小到大服儀檢查到指甲的長度時，我總是輕而易舉地過關，
但好像除了這個，就沒別的好處了……

我也好奇自己怎麼會有這個怪癖，

因為動作不太優雅，指甲又會醜醜，

重點是其實我門牙歪歪的就是因為愛咬指甲，

唉，反倒現在還要花時間來矯正牙齒。

後來才知道原來咬指甲是一種宣洩壓力的方式，

有時候壓力太大，才會用這樣的方式來讓自己輕鬆點！

那為什麼要跟大家分享這個怪癖呢？

就是我要宣告：我要改掉這個習慣啦！

畢竟都影響到牙齒美觀了，

在大家面前咬指甲好像也不是很好看。

所以謝謝你們看完我的第一個怪癖，很有趣吧。

怪癖二：一個人就好像什麼都做不成

我覺得這也很像是一種依賴感！也可能是還沒長大吧？

舉例來說，看電影不能一個人，玩遊戲機不能一個人，

不然就是，

逛街時一直用手機問別人有沒有空，

要運動時一直問別人要不要一起去，

又或者是，安排明天的行程時一直問別人明天要幹嘛等等之類的。

在我的生活裡面，或許就是不能只有一個人，

不然就覺得無論做了什麼都很沒意義！

但隨著年紀慢慢增長，我也開始慢慢體會到，

有些時候，獨自一個人會得到不一樣的啟示，

有些時候，獨自一個人會碰到不一樣的插曲。

和自己獨處，代表著當有什麼話想說的時候，不能立刻脫口而出，

因為身邊並沒有別人陪伴，

所以，有什麼想法的話，就在腦袋裡和自己對話，

有時候這樣對話著，

會激發出和以往不一樣的火花、不一樣的想法。

如果有一天看到我發了一則動態是：

「今天我一個人去看了 XXX 電影」，

恭喜，那天將是我再次長大的一天！

怪癖三：無止盡的深夜

相信身為粉絲的你們，應該都會發現其實我不「那麼早」睡。

我想大家應該都有過那種夜裡會想比較多的時候吧？

我也是這樣的人，在夜裡就會有很多想法突然跑出來！

常常也是因為平時都在外面忙碌，

回到家後才有機會歇著，腦袋也在這時候開始跟著轉起來。

在寂靜無聲的夜裡，我都在做些什麼呢？

其實，我都在看影片！

我常常看各式各樣的人演奏爵士鼓，

看了一個就會很自然地繼續接下一個，

看完後就點開自己的表演影片繼續看，

看完自己的又再找別人的繼續看，

常常因為這樣無止盡地看，太陽公公就默默出來了！

或許這是一個壞習慣，但這一個壞習慣也幫助我很多，

因為我把自己擺在一個不斷學習的機制裡面，

可能這是一個看起來不錯的壞習慣，但其實我也在改。

為什麼要改？

因為我不想讓自己在每天那麼晚睡啦！

應該是要利用每一個零碎的空閒時間來充實自己，

而不是集中在該睡覺的時間才來充實自己。

告訴自己：把握「低頭」的時間，做些更有意義的事吧。

和你們分享三個小小的特殊習慣，

那你們的怪癖是什麼呢？

那些好像很奇怪，卻又不是每個人都有的習性，

還是你跟我很像呢？

怪癖不是藉口，它也是可以被改變的。
有時候怪是特色，但不能讓它影響了你的生活啊！

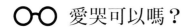 **愛哭可以嗎？**

可以說我是一個堅強的孩子，也可以說不是！

我曾經是一個很不堅強的孩子，
不堅強到什麼程度呢？
小時候我很怕打針，所以每次打針，
我一定會哭半小時到一個小時！
記得有一次學校的健康檢查要抽血，我很想要突破自己，
告訴自己不要再哭了，
但沒想到一拿到貼著我名字的管子，
眼淚又開始無止盡地一直掉。

但年紀越大，我也越愛面子，
我第一次打針沒有哭，
是因為有次得了腸病毒，半夜被送到急診室，
我在兒童病房吊點滴，
隔壁床的弟弟因為剛打完針所以哭個不停，

他的媽媽一直安慰他，希望弟弟別再哭了！
這時護士拿著針筒進來了，
弟弟的媽媽就跟弟弟說：「你看，隔壁的姊姊很勇敢喔，她都不會哭的！」
聽到他媽媽這樣說，我也轉頭對弟弟笑了笑，
那位弟弟聽了媽媽的話，很認真地看著我，停止了哭泣，
殊不知我內心已經糾結到了一個想吶喊的地步，
為了面子，我還是咬著牙含著淚忍過了那一針，
之後發生什麼事我都不記得了！

其實我不只是要跟大家講一個突破打針障礙的故事而已，
更多的是想要告訴你們，現在我是一個怎麼樣堅強的女孩。

長大後的我，
碰過很多傷心難過的事情，但我變得不愛哭了，
因為哭會讓我覺得我被打敗了，
哭會讓我覺得自己看起來懦弱，
也可能是因為過去的我很愛哭，
所以我現在常常告訴自己，要堅強，不准哭！

因為我知道哭不能解決問題，
只會讓事情看起來更嚴重而已，

或許你們會覺得何必這麼壓抑，
想哭就哭出來嘛！這也是發洩壓力的一種方式。
當然我還是會哭，
只是我不希望自己是失去理智的大哭，
而是思考過後，再很真心、理智地去發洩。

也許我就是有一點怪吧？
但這樣的發洩卻幫助我更快地回到正軌，
而不是一直沈浸在悲傷的情緒裡面。

說到這，在寫這本書的同時，
我們家養了七年的狗狗「小乖」突然過世了，
沒有人知道牠真正過世的原因是什麼，
只知道牠是真的沒有呼吸，安靜地躺在那了。

當我得知這個消息的時候，我很震驚也不想相信，

從小愛哭不代表長大
就愛哭啦！
堅強讓我有更多的勇
氣面對一切。

但在我把牠送去火化以前，我沒有掉過一滴淚，
有人問我會覺得難過嗎？
我只回答：我很好！

為什麼呢？

在我接到電話的那一刻，
我心裡充斥著無數的為什麼，和這一定是騙人的！
但經過了兩三分鐘後，
我告訴自己牠的確是一隻狗，
每個生命有開始也有結束，
不能陪伴我一輩子，
我也告訴自己，這也不是牠願意的，
但時間就是如此，走過了、消逝了。

整個過程，從知道牠過世了、送牠去火化，到回家，我都沒有哭，
一直到躺在床上，我才哭了，因為我的心告訴我：我想念牠。

長大了，我的堅強也跟著我長大了。
在大家面前我嬉皮笑臉，但其實我
的內在是一個理性的人，所以若你
看見我哭了，那一定是一個特別的
時刻，或是我達到極限的時候。

◯━◯ 對的人

我想這是大家最不認識我的地方，
也是大家會充滿好奇的地方，
沒有錯，這個地方叫做「愛」。

在感情的世界裡，我應該算是一個乖乖的女生，
我不太輕易和人交往，
因為我覺得在一起是長久的，而不只是我需要一個伴。
當然這不代表我沒有喜歡、欣賞過別人，
我要告訴你們一個小秘密：「我是一個專情的女孩兒。」

在我國中的時候，我曾經喜歡一個大哥哥長達三年的時間，
當你喜歡一個人的時候，真的會變成世界上最笨的那一種人，
因為你會茶不思飯不想只想見到他，
有時候只因為一個小小的招呼就能開心個兩三天，
我現在回想起來都覺得那時候的我單純的好可愛！

當然我也談過少少的幾次戀愛，
最終的結局都是簡單、和平地對談後，

說：「我們好像不太適合走到以後。」
就分開了！
這樣的理性有個優點，
就是到現在我們都還是會聯絡、互相幫忙的朋友。

不過我想大家最好奇的不是我的過去談了什麼樣的戀愛，
而是現在或者未來想要談什麼樣的戀愛！
我只能說：「我是女人，是感情豐富的人種，所以我也會渴望愛情。」

你們聽過亞當和夏娃的故事嗎？
沒聽過我也可以簡短地告訴你們。

上帝在創造完整個世界之後，造了一個男人，名叫亞當，
上帝看他一個人獨居不好，決定要造一個配偶幫助他，
於是上帝使亞當沈睡，
在亞當的身上取了肋骨造了一個女人，名叫夏娃。
亞當醒了之後看見了夏娃，便說：「這是我骨中的骨，肉中的肉」。

你可能看不太懂這個故事，我一開始也是，
當時我只知道結論就是：亞當和夏娃絕對是天生一對！
但後來，我的牧師問了我一個問題，

我好像就明白了！

牧師問說：「小白啊，你想要和別人的亞當在一起嗎？」

我的回答就是拼命地搖頭說：「不想。」

於是現在無論我心裡的小女孩多想談戀愛，

我都會問她：「你想要和別人的亞當在一起嗎？」

接著再告訴她：「上帝早就幫你安排好了，時間到就會來了！」

你可能會想說怎麼這樣？怎麼知道亞當是誰？怎麼知道上帝安排的來了沒？

沒錯，我是不知道！

但我知道在「他」還沒出現以前，

我唯一需要做的就是預備自己，成為那好的夏娃，

當我預備好了，就會知道「他」來了！

最後順帶一提，也會是你們想問的，

就是──小白喜歡怎麼樣的男生啊？

本人喜歡熱血陽光大男孩，

有目標、有夢想、有想法是最吸引人的，

最好會彈著吉他唱歌給我聽，然後有一點點酒窩眼睛小小的……喂！

不為了戀愛而戀愛，
這才是王道。
預備好自己，對的人
就會出現了。

○─○ Dream will come true

相信大家在求學時代一定都有寫過作文，
每次新學期開始，就會有一個作文題目會出現，
看似簡單，卻也有一些複雜，
這個題目叫做「我的夢想」！

第一次碰到這個題目的時候，幾乎每個人都會寫「我要當老師」！
絕對不是因為那時候每天晚上八點都在看麻辣鮮師，
而是因為老師就是我們那時候的表率，也是我們最親近的職業。

當我們漸漸長大以後，
會發現老師並不是一個那麼好當的職業，要有耐心、有愛心、知識淵博⋯⋯好像跟
我有一段不小的距離，
所以我開始想，如果我不當老師的話，我的夢想是什麼？

不過一直在我小學五年級以前，
每次碰到這個作文題目，

我都還是寫上「我要當老師」，因為我真的不知道我能做什麼！
一直到了小學六年級後，開始瘋迷偶像，
於是我靈光一閃，想來一點不同的，
就在我的作文本寫下：我要當藝人！
當時我絞盡腦汁寫完了這篇作文，
但最後得到了一個回應，
就是老師當著全班的面說：「當藝人不是不用讀書，而是要更勤奮努力！」
小小年紀的我，從此就真的覺得這只是「一個夢想」了。

後來每當碰到這一個作文題目，我都會嘗試讓自己當不一樣的角色，
像是從老師變成幼稚園老師、再從幼稚園老師變成畫家、
最後從畫家變成舞蹈家……，
每一個夢想都讓我覺得這些終究「只是夢想」，
因為我不知道該如何實踐。

雖然夢想一換再換，但我一直沒有忘記小學六年級的那個夢想，
不過雖然不知道如何實踐，
但我也慢慢發現自己對表演的興趣不是只有那一點點而已，
因為開始接觸舞蹈而對表演產生越來越多興趣，

不要放棄你許下的每一個願望，每一個願望都有成就的一天。

很開心的是，這個夢想栽種在我的心裡後，
我沒有忘記它，反而是不時的幫它澆一點水，
我沒有放棄它，反而是不時的在它身上施一點肥，
現在，它也慢慢地茁壯起來了！
或許迷惘的當下不一定非找出答案不可，
隨著時間過去有時會有很好的解答。

而我自己也可以開始一點一點地去收割，
然後帶著大家，跟大家一起分享這美麗的夢想花朵！

我相信
我的獨特

我們能選擇要當什麼樣的人，
學著不去在意外來的眼光和肯定，
重要的是我們的心。

○○ 找自己

上帝創造我們不只是給我們生命，
祂還給了我們一個很珍貴的禮物叫做「自由意志」。

上帝祂很愛我們，讓我們被造出來不用像機器人一樣，
一個指令一個動作，而是讓我們能夠自己去選擇，
選擇我們喜歡的，選擇我們想要的，選擇我們相信的！

為什麼說「自由意志」是一份很珍貴的禮物呢？
因為它，我們能選擇我們要當一個怎麼樣的人！
也因為這一份禮物，我常常會去思考我要做什麼？
常常去想我能為這個世界帶來什麼？
或，我可以是誰？
而你想當什麼樣的人，也會影響到你的生活將如何。

曾經我想當一個很有存在感、不會被遺忘的人，
所以我很吵鬧、很不受控，就是要讓人注意到我！
曾經我也想當一個很聰明的人，

所以我不斷地看書，甚至硬是要戴眼鏡，為的是要大家覺得我聰明！
但這些並沒有一直持續下去，
因為那些不完全是我需要的！

當我帶著這樣的自由意志（選擇）繼續走下去的時候，
我會發現終究有一件事是我真正要去完成的！
而那是上帝給我這份珍貴禮物的目的，
也就是我這一生的使命！

覺得最寶貴的不是我知道我的使命是什麼，
而是在這中間的過程，
因為我能選擇，所以在這當中我不斷地被擴充和學習分辨，
因為我能思考，所以在這當中我不斷地成長和長智慧，
也因為有這樣的過程，我更了解我是誰！

所以我們不要害怕去思考和探索自己的生命，
雖然過程可能會遇到很多挫折，
但要相信那是上帝給我們最珍貴的禮物，
所以只要我們願意，一定可以找到我是誰！

有時候想要並不等於需要。

相信自己一定是「誰」，因為我們都是獨一無二。

◯•◯ 享受挑戰

這一路走來，其實我都滿順利的！

如果你問我，
有沒有遇過什麼困難的事？
或者有沒有想要放棄的時候？

我的回答應該不會讓你們滿意。

也許可能是我單純，不想要想太多，
也或許是我比較傻、呆，懶得想太多！

我為什麼會打鼓、為什麼會上街頭表演？
一切都是意外中的意外，也是我從未想過的事！
第一次粉絲專頁人數大幅度的暴漲，
也是因為被知名粉絲專頁分享而引起，
之後漸漸有了網路新聞和電視台來採訪。

問我有什麼感覺？

就是驚訝、驚喜還有不知所措這樣。

有時候我真的覺得是上帝祂太愛我，
把我一切沒有求過但心裡曾想的事一一賜給我了！
有時候祂給得超乎我所求所想，
我還會跟祂發牢騷說：可不可以這樣就好？
但當我越不想要的時候，祂就給我越多。

一開始，我會有點生氣為什麼要這樣對我？
但後來我才發現，
祂是要我在這些狀況當中學習突破、成長，
而且祂也相信我一定可以做得到！

於是我開始訓練自己的反應、機動能力，
我也時常告訴自己，
若祂覺得我做得到，我就一定可以做得到！

我怎麼可以篤定？

保持熱忱是成功的開始。
相信我們被創造是無限的。

10:13

因為聖經裡面有一句話這樣說：

而在訓練自己的過程當中，
要不斷保持自己那顆熱忱的心，
因為若不是因為這份熱忱，
我所做的一切就會少了那個「味」，
也就不會是那個傻傻、呆呆、單純做自己愛做的事的我。

不用去在意那些數字和肯定，
要相信屬於你的終究會是你的，
而我們只要在意自己到底做了幾分功、用了多少力，
和我們自己願不願意接受挑戰、迎向挑戰，
這些才是走下去、成功的關鍵！

○●○ 改變的開始

每個人都有成長期或是轉換期，我也經歷過。
記得剛上小學的時候，我非常討厭而且害怕去上課，
印象中，那時我每天上學都是被媽媽拖進去的！
到了教室以後，還非得哭上十五分鐘才罷休。
其實我也不懂當時的自己是怎麼了？

長大後我才稍稍明白，小時候的我害怕和人接觸，
那樣的害怕是因為沒有信心，也是不知道如何向人開口說話，
甚至因此喜歡進入自己的世界，然後就開始畫畫！
（我還一度以為我未來會成為畫家咧！）
一直到後來媽媽把我送去學舞蹈，
老師讓我在班上同樂會時展現我的舞技，
表演完後，同學們對我的舞蹈反應很熱烈，
因為他們不會像我這樣跳舞！
受到鼓勵之後，
我開始慢慢敞開我的心，去認識每一位同學們。

不要害怕，害怕會讓自己
限制自己。
選擇面對，試著去嘗試找
到另一種生命語言。

舞蹈對我來說很重要，它是我生命中的一個轉捩點，
讓我不用透過言語也能表達自己的內心，
讓我不會因為不敢說話而被人忽略了。
這也是我第一個能夠表演的才藝，
更讓我發現原來鼓起勇氣和周遭的人「對談」也是一件有趣的事，
甚至在對話當中可以更瞭解彼此的想法和問題。

你可以再問我一次：
有沒有遇過什麼困難的事？
或者有沒有想要放棄的時候？

其實沒有，因為我很享受在其中。

○─○ 表演的態度

如果我沒有記錯，我人生當中第一個學的才藝就是舞蹈。

在我大概中班時，
媽媽送我去舞蹈教室上幼兒肢體開發的課程，
國小二年級開始學芭蕾舞，三年級懵懵懂懂地考上東門國小舞蹈班，
國中時跟著全班一起去考試，考上了雙園國中舞蹈班，
高中決心就是要跳舞，考上了華岡藝校舞蹈科，
最後大學努力考到了台灣藝術大學舞蹈系（進修部）。

可以說我的學生時期就是不斷地在跳舞，
更可以說到目前為止，我的一生都在做「表演藝術」。

以前常常有人說舞蹈班的孩子功課都不好，因為一天到晚都在跳舞，
或許事實就是如此，
因為我們常常需要放棄一些學科課才能有足夠的時間上舞蹈課。
但也因為這樣，從小我就被教導時間要好好運用，
還有養成了不要被人看不起的態度！

舞蹈班跟其他才藝班有一點很不一樣，
例如音樂班或美術班，需要好好的保護自己的手，以免受傷就不能使用了！
舞蹈班則是，流得汗越多，傷得越頻繁，就越能操練出你的耐力，
因為舞蹈班，我養成了吃苦耐勞的性格。

而舞蹈班帶給我的不只是這些，
它真正教導我的是何謂「表演藝術的態度」！

在舞蹈專科班待了超過十年的時間，表演的經驗更是數不清，
老師常常告訴我們：
「當我們在詮釋一支舞作的時候，不只是要把動作做出來，
更重要的是要帶出靈魂，要知道你要帶給觀眾的內容是什麼！」

在任何表演藝術裡，這都是很重要的一點，
不是動作、技巧、笑容一百就是一百分了，更重要的是「內涵」。

常常看到很多的表演者，

每一位都很優秀，每一位都很有舞台魅力，

每一位都很有態度，每一位都很想努力地表現自己，

每一位都想帶給觀眾歡樂和笑容！

但我想對這一群努力追夢的表演者們說：

不只是要散播歡樂散播愛，更要帶出生命的意義，看見生命的美好！

送給大家一段話：

你要保守你心，勝過保守一切，

因為一生的果效是由心發出。

—— 《聖經》箴言 4:23

鼓勵我自己也鼓勵你們，技巧不是重點，重要的是我們的心。

表演藝術對我來說，不只是舞台上的光鮮亮麗，更是展現生命可貴的地方。

成長單選題

成長是怎麼來的？

從小到大，我們常常碰到我們不想面對的事情，
必須離開媽媽自己踏進學校，
必須自己搭交通工具因為爸爸媽媽要上班，
必須面對上台報告不然沒有成績，
必須面對考試不然沒有學校可讀，
必須面對畢業就等於失業，
必須面對不工作就沒有飯吃。

人生啊，其實沒有什麼事完全是你想做、想面對的，
通常都會因為環境的需要，所以必須要這麼做，
但也因為這樣的必須，我們被強迫成長了！

成長是怎麼來的？
做自己不想做的事就是成長的關鍵。

從前我害怕一個人上台，

也有因為必須一個人舞蹈 solo，在考場上傻掉動彈不得的經驗，

當下真的會覺得，為什麼要逼我，我就是不敢、不想，我就是怕，

但因為老師的一句話：「你必須做，沒有第二個選項！」

無論如何我就是得去做、去面對，

因此我也突破了！

這樣的事情不斷發生，

但現在我開始勇於面對，不是因為我特別厲害，

而是我知道若我現在不做，總有一天還是必須要做！

所以現在當我遇到非常不想做的事時，

我會告訴自己：

「你要長大就必須得做。」

「不是你做不做得來，是你願不願意而已！」

「去做了這就是你的了，你知道嗎？」

挑戰是祝福的開始，因為當你面對了它，就是你最好的禮物。

人生就是有無止盡的是非、單選題，關鍵只在於，你願不願意？

○─○ 咚滋搭滋小插曲

為什麼我會開始打鼓呢？
這個問題其實我已經回答過上千遍了（誇飾法啦）！
但透過這本書，我想要再一次認真地和大家說明一下。

其實我從不覺得自己是一個有音樂天份的人，
而且從小學的音樂課開始，
我就非常不喜歡音樂課！
我看不懂音符，看不懂鋼琴的 Do 到底在哪裡，
節奏拍手的考試，我從來沒有聽懂老師在說什麼，
吹笛子也是硬背手指頭要放在哪個位置，
小學全班參加音樂演奏比賽的時候，
我記得我拿過鳥笛還有三角鐵跟鈴鼓，
其他有關於「譜」的樂器則從來也沒有碰過。

一直到國中，我正式進入教會，
看了當時火紅的電影「不能說的秘密」以後，
我很認真地對自己說，我一定要學會一個樂器。

在教會裡，

很多大哥哥大姊姊們都會用吉他自彈自唱，

當時我覺得他們好帥、好厲害，

摸了摸吉他覺得似乎也沒有那麼難，

於是我到了樂器行想要挑選我人生中的第一把吉他，

挑啊挑卻也不知從何挑起，

更不知道我挑好了爸爸媽媽會不會買給我？

當我正在思考這個問題的時候，

我的朋友拉著我去看我從未接觸過的樂器，

就是「爵士鼓」！

沒有看過爵士鼓的我覺得非常好奇，就在周圍繞啊繞，

這時店員出現了，他問我們會不會打爵士鼓，我們說不會，

他就現場坐上一套電子鼓演奏給我們看，

當下我簡直驚呆了，因為真的是超帥！

這位店員很好心，立刻開了兩套電子鼓教我們怎麼打，

而在那一天我也學會了那個最基本的節奏，

「咚滋打滋、咚滋打滋」。

學會這一個節奏，我非常興奮，

也立志總有一天要學會這一項樂器！

原因非常簡單，

因為我沒有看譜就學會了，

而且是第一次就上手，讓我非常得意，哈哈哈！

所以之後每一個禮拜教會主日結束，

我都會衝到那間樂器行找那位店員，

讓他再教我一些些東西，

只是後來就沒去了，

因為沒有付學費就一直學讓我自己也過意不去，

但也因為小小的厚臉皮，讓我成為了今天不一樣的羅小白！

一個小插曲，會讓一生都轉變。
後來我在網路上找到了當年的那位店員：Allen Chiu，謝謝你。

◯◯ 等待下一個雨天

每個人的人生中都會有很多第一次，
第一次的爬行、第一次的說話、第一次的戀愛、
第一次的……太多了！

每一次的第一次都是值得紀念的日子，
也會是深刻的回憶吧？
所以我想和大家分享我的第一次街頭演出！

這一個題目，常常在訪談裡面都會問到，
「你還記得你的第一次演出嗎？」
「你還記得當時的情況和心情嗎？」
老實說，我不記得真正的那個第一次了，
所以我每次回答的都是我印象中的那個第一次。

我記得那天是陰天，
當時是我的好朋友曼青在信義威秀廣場的街頭表演現場，
因為碰到下雨，所以中場休息，

也因為下雨，所以我們沒有打算離開現場去別處，
而是待在廣場的大傘下等著雨停下來。

我們和其他朋友躲著雨聊著天，
這時候我朋友問我：「你是不是有在練鼓？」
我：「對啊。」
朋友：「那你要不要玩一下？」
我：「蛤……不好吧？」
朋友：「上去玩啦！雨天不會太多人的！（推）」

於是我就這樣坐上椅子，音樂也就這樣放下去，
我像隻小貓在抓沙發般摸鼓，
就這樣莫名其妙地打完了一首歌，
一個朋友衝到前面去打賞表示支持，
騎樓下一些路人看著我們打鬧，
就這樣，我的第一次結束了。

這樣的第一次看起來好像沒什麼，
但奇怪的就是，

總而言之，機會是留給預備好的人，等待下一個有什麼的日子。
有夢最美不是嗎？

因為沒什麼所以深深地烙印在我心裡了！

我的個性好強又喜歡挑戰，
因為這個沒什麼的第一次，讓我下定決心要讓下一次變成有什麼！
我開始認真地去音樂教室租鼓室練習，
一次、兩次、三次……，看起來真的有這麼一回事了，
結果你們猜怎麼了？

我一直在等待下一個雨天 。

○-○ 我，休學了

在我目前為止的人生當中，
需要做重要抉擇的時刻其實少之又少！

但在我大學的時候我做了一個很重大的決定，
那就是——休學。
這對我來說簡直是不可能的事，
當時我身邊的朋友聽到我做了這樣的決定時，
都非常的震驚、驚訝！

是什麼樣的原因讓他們無法置信呢？
以前的我覺得，如果一個人休學代表兩件事，
一、他有問題、有狀況。
二、他不是一個好學生。
也因為我一直有這樣的刻板印象，我的朋友們也都知道我的想法，
所以休學對我來說、對我的朋友們來說，簡直是一件不可能的事！

那究竟為什麼我還是選擇了休學呢？

我想要好好地跟大家分享，
但首先我要先聲明：
一、我休學不是因為我不想讀書。
二、我休學不是因為我有名氣了所以跩。

在我休學後，
也有很多人問我：小白你只剩一年，為什麼不撐完？
只能說，決定休學，不是衝動，而是經過深思熟慮的。

其實在大三休學前，我就有過休學的念頭了，
大概是大二剛開學的那個時候，
那時候的我想休學就純粹只是覺得：
「好忙喔！要讀書、練舞又要打鼓！」
「我靠打鼓就有飯吃了，為什麼還要讀書？」
「我只想要打鼓啦，為什麼一定要讀書咧？」
那時候的休學理由，被家人和很多朋友阻擋下來了，
但當時的我只覺得，沒有人懂我、支持我，
現在回過頭來看，
才發現當時想要休學，是為了理由找理由，

並不完全是真正應該選擇的！

我也想過，剩下一年就有畢業證書了，
為什麼不繼續撐下去呢？

後來我告訴自己，若我要對自己有交代，
就不要為了學歷而念大學，而是要用正確的態度和心來面對！
更重要的是，我是「舞蹈系」的學生，
我期望自己能拿到舞蹈系的畢業證書，
是我花時間努力、用累積的實力去爭取得來的，
不只是單單的一張文憑而已，
也可以說是我傻或是有奇怪的堅持吧！
但我相信若我真的愛這個科系，時間的長短絕對不是問題。

對我來說，休學最大的挑戰是「面對」，
要面對大眾、粉絲和自己，
因為就像我一直以來的刻板印象一樣，
休學可能會成為一個不好的示範。

但在這邊我想跟大家說：
休學不是停止學習，而是你找到了一個領域，
它是你願意花費比你在學校還要更多時間去學習的！
而且你願意在裡面接受挑戰、被磨練，
最後的成果無論好壞，願意自己負責且不怪罪於任何人。
而且你也知道，若你不去做，你「一定」會後悔！

最後鼓勵大家，
不要衝動地去做和決定一件事，
因為若它真的屬於你，
它自己會不斷地回來找你的！

決定不是用來逃避的。
總有一天我會去把屬於我
的畢業證書拿回來。

○─○ 站上街頭的資格

從在街頭表演開始，我就多了一個「街頭藝人」的稱號，
要成為街頭藝人的第一步呢，
就是你需要先考到街頭藝人證照！
街頭藝人證照是一種滿特別的證照，
因為不是你取得了一張後就全台灣就可以通用，
它是有區域性的，
所以每一個縣市的文化局不定期都會舉辦街頭藝人考試，
也因為它有區域性，
所以要能在全台灣都可以正式的街頭表演是需要一番功夫的！

我取得的第一張街頭藝人證照是宜蘭縣市的街頭證照，
拿到第一張後，我依然不斷地去各地考證，
從緊張慢慢到不緊張，
從害怕到有自信，這都是過程。

但隨著每次考照都上榜，讓我開始習以為常，
感覺甚至就像，我有來考你就一定要給我過一樣，

當然那也只是「我的感覺」而已，並非事實！

這樣的自我感覺良好，當然終究會跌倒，
台北市的街頭藝人證照，我考了四次，大約兩年半才考到！

還記得第一次去考試的時候，
我完全就抱著一個我只會來一次不會來第二次的心態，
或許大家會覺得這樣是「有信心」，
但信心裡面如果參雜一些理所當然，就會變成自傲。
成績公布的那一天，
我看到自己落榜，整個就是躲在被子裡面哭，
覺得這是不可能會發生的事，
因為我已經拿到了將近十張的證照，
等於有十個縣市已經認可我了，
當時的我甚至覺得自己被陷害、或者是他們故意的，
但也因為這次摔倒，我看清楚了！

我沒有考過，絕對不完全是別人的問題，
我自己的問題也占了大部分的原因，

所以接下來第二次、第三次的考試，
我一次比一次認真準備，也在當中挑戰、突破，
像是舞蹈結合爵士鼓，就是在這個準備考照的過程當中結合出來的！

當然第二次、第三次沒有過關，我依然很難過，
但卻在這樣的考驗裡磨出了一個全新的價值觀。

怎麼說呢？
到了第四次的台北街頭藝人證考試，
我就跟自己說：
考證的目的就是在要在台北的街頭表演給大家看！
那我現在在考試，不就是站在台北的街頭了嗎？

考證對我來說不再只是一個認可而已，
而是要對支持我的粉絲們表達一個鄭重的感謝！
讓粉絲們知道，你們的支持，同樣也獲得證照的支持，
你們沒有看錯我，你們沒有支持錯人。
於是在第四次的考試，
我回到最初，不花俏卻最真實、真心的表演，
沒想到就上榜了！

結果不是最美，過程才是重點，記得，初衷的美麗。

◯–◯ I'm not the best

過去的我，曾經驕傲過，
因為幾次的名人分享，因為幾次的新聞，因為網民的稱讚。

不記得從哪個時候開始……
驕傲的感覺就像下巴抬很高，沒有一個人可以超越你。
驕傲的感覺就像：我沒有很厲害啦！但你們說了算囉！
可是結果就像很多人說的一樣，爬得越高，摔得越重，
在某一個夜晚裡，我重重地摔落了。

那個晚上我依照慣例在街頭演出，圍了滿滿一圈人，讓我熱血沸騰！
突然一個眼熟的人從人群中走出來和我打招呼，
他是我的好朋友，也是一位鼓手。
我們就像平常一樣閒聊了幾句話，然後我請他上來表演幾首歌，
原本不以為意的我卻在他表演的過程當中傻掉了！

為什麼傻掉？

不是因為他表演不好，而是我看到一個超越以往所看過的呈現！
以及他傳遞出來的「熱忱」和「自信」深深地打進我心，
當音樂結束後，觀眾們毫不猶豫地熱情掌聲和歡呼。
我傻了，因為我發現 ”I'm not the best”。

表演結束後，我低落了好幾天，
因為我不知道自己到底在做什麼，甚至覺得我憑什麼？
但我沒有放棄，而是開始低下頭來在網路上搜尋各種表演影片，
看完影片後把所看到的好記下來，把它變成我也能使用的武器，
看到不好的，也記起來，因為我不要犯同樣的錯誤。

那天之後，
我很常熬夜看影片，因為一看就停不下來，
不只爵士鼓，任何歌手演出或是才藝表演，
我都不會放過！

沒有一個人是完美的。
沒有放棄是因為我不能
放棄你們。

在每一次累了、覺得算了的時候，
我就提醒自己，I'm not the best，
我要在每一天的當中，不斷地學習和發現更多世界的精彩！

○─○ 被拆解是這麼一回事

有一次，我有一位朋友問我說：
「從舞蹈轉換到打鼓的這個過程中，是不是有遇到挑戰？
因為這是完全不同領域的東西。
那當初你遇到了這個挑戰，你是怎麼克服的？
這應該是需要很大的勇氣吧？」

我思考了一下，發現挑戰不斷地來，
而我也不斷地面對它。
但是是什麼能夠讓我不斷地向前行？
那就是「認識、認清我自己。」

無論你是什麼職業，我們都是在扮演一個角色，
而在這些角色之中我們也會有分類，
像是學生，就可以分類成讀學科的學生或讀術科的學生，
甚至可以再細分成讀文科的、讀理科的、讀音樂科的、讀舞蹈科的等等。
這樣的細分不是感覺複雜所以看起來很厲害，
而是分得越細越幫助我們找到方向，接著認識自己！

曾經我也為「角色」這個問題，變得茫然。
為著我是一個鼓手，
卻不完全是一個專業的鼓手而挫折。

這是一個很難以忍受和面對的問題，
因為確實我跟一般的職業鼓手一樣是用爵士鼓來維生，
但我的技巧卻往往輸給別人一大截，
我沒有那麼懂節奏種類和樂理是怎麼一回事，
我沒有辦法把節奏完全多元化，
因此我被批評、被否認。

一直到後來，我找到了我的角色，
我是一個鼓手，我不是「技術型」或是「教學型」的鼓手，
我是一個鼓手，但我是一個「表演型」的鼓手，
我們都身為鼓手，但是我們的專長不一樣，
我們都身為鼓手，因為我們熱愛爵士鼓！

所以了解自己的角色為什麼很重要？

因為它能幫助你在迷途中再次找到自己，
因為它能幫助你定睛於自己的位子，不因為別人的話語所偏移。

這個過程真的需要很大的勇氣，
因為你要先願意被拆解，
先願意看到自己的缺點，
但也會因為你願意，
你能在你的領域上有更大的突破！

不要害怕認識自己，認識
自己才能突破、超越自己。

休息一下，發呆一下，再繼續加油！

○─○ 龜毛的人

以前聽到一個人個性龜毛的時候，
我會覺得這個人「一定很難搞」、這個人「一板一眼一定不好溝通」，
或是這個人應該「人緣不好」、「機車」吧？
總而言之聽到龜毛，想到的應該都是一些負面的評論。

但有一次我聽到一個人形容另一個人龜毛的時候，
我沒有感覺到厭惡，反而覺得敬佩！
而且聽完後我也想讓自己成為一個龜毛的人。

那一次就是在第 26 屆金曲獎，
要頒發特別貢獻獎給江蕙時，她的恩師黃義雄老師所講的話。

他說：
「那種所謂幸運，上台領獎、頒獎的這些人，
如果沒有龜毛的個性，不會成功！
這話怎麼說？
因為他一直在挑惕，一直在計較，

學習成為對自己龜毛的角色吧！
對自己龜毛一次或許就可以少一件後悔的事！

所以如果你身邊有朋友的個性是這樣，
你要注意他，因為將來他有一件事必定會成功的。」

聽完這段話後，我的內心覺得好激動，
開始去思考自己有沒有哪一個方面是龜毛的？
開始去思考我在我的事業上、在表演的領域裡龜毛嗎？

這才理解，
原來龜毛不是一件壞事，而是你真的在乎！

所以，
從那一天起我開始「培養」自己的龜毛，
從表演的音樂開始，到自己所打的節奏，
從整首歌個人展演的特色，到每一個手跟腳的角度，
都可以挑剔，都可以更好！

這樣的龜毛，
用在別人身上可能會變成機車，
但用在自己身上絕對是成功的關鍵！

OㅇO 人生快樂組

長大以後，我拋開了過去那個害怕與人相處的我，
也開始學習接觸不同領域的人，和不同領域的人聊天。

初次見面的時候通常我會比較含蓄，
可能是因為過去的我比較害羞的關係，
所以有時候不太能馬上和大家熱絡起來！

但當我們開始熟悉彼此之後，
我會變得很吵很瘋癲，
甚至常常會是旁邊的人都希望我可以閉上嘴巴休息一下！

我怎麼可以一直這樣瘋瘋的很快樂呢？

其實這是一種選擇，
我喜歡讓自己去想好玩的、看有趣的，
然後把這些事情真實的放進我的生活裡，讓自己去體驗。

我們是情緒的管理者。
世界和平由你我開始啦！

我也是一個比較依靠直覺的人，
只要覺得有趣，我常常一想到就立刻去做！

這也是樂觀的一種，
我希望世界可以很快樂、很和平，
所以無論發生什麼事，是好還是壞，
我都相信它的發生一定有它的意義，
等著我們去發現、去了解，
即使是爭吵，也不會有完全對的那一方，
因為一個巴掌拍不響嘛！

當我這樣希望的時候，一切就要由我開始，
由我來散播快樂，
不只是外表開心地笑而已，
而是打從心裡大笑，才能真正感染周圍的人，
在任何的表達之前，先讓自己多點思考，
記住，不要讓情緒戰勝你！

我們一起努力學習不要讓憂憂和怒怒充滿我們的生活，要記得快樂與否是自己可以選擇的，所以跟我一起學習當個「人生快樂組」吧！

○─○ 林俊傑的私訊

2015 年 2 月的某一個下午，
我收到一個訊息，問我可不可以練一首歌的 solo，
一開始我以為只是粉絲傳來的心願，
但越想越不對，於是我又再一次打開這一則訊息，
這一次我尖叫了！

手機裡寫的是「林俊傑 傳來一則訊息」，
當時我以為我在作夢，
而他要我練的那首歌正是我近幾個月不斷播放的歌曲「黑鍵」。
當我確認收到這項「任務」後，我開始沒日沒夜的練習和請教朋友，
在這之前我從沒嘗試過任何鼓的 solo，也讓我格外緊張又興奮！

在不斷練習的過程中，我其實不知道這任務的「最終目的」是什麼？
就這樣日子一天、兩個禮拜、一個月的過去了，
我也漸漸忘記這項「任務」的緣由，只是單純覺得自己學到了一招「技能」！

兩個月過後，我再次收到一則 JJ 的訊息，

上面寫：「找你拍 MV，想不想？」

這一次不再只是尖叫了，而是加上旋轉跳躍我睜大眼！

這是身為「資深粉絲」的我作夢時才會有的夢想，

我一度覺得人生沒有遺憾了，卻萬萬沒想到挑戰還在後頭。

到了拍攝當天，我的心撲通撲通地狂跳沒有停過，

緊張寫在臉上，誰都看得出來！

緊張的點不外乎就是：「天啊！我要在偶像面前打鼓！」

第二點則是：「天啊！現場也太多鼓手和樂手了！」

更令我覺得崩潰的是 ，

現場的爵士鼓只有我會完全地發出聲響，還要 solo。

拍攝結束後的那一個夜晚，

我給自己打了一個不是太美麗的分數，

因為過度緊張和不熟悉，我覺得自己的表現不是很好，

但也因為這樣的挫折，我開始操練自己，也對自己許下了更大的願望！

這一晚對我來說特別地重要，
因為這不僅是我實現夢想的時刻，更是我宣告挑戰的一刻！

嘿 如果聽到這旋律
和你傾訴一段光陰 也許你也會共鳴
嘿 有個男孩的曾經
小小的手和老鋼琴 故事展開了美麗……
　　　　──《黑鍵》演唱・作曲：林俊傑／作詞：五月天阿信

每一次在聽這首歌的時候，我的情緒都會激動起來，
不只是因為我參與了這一部作品，
而是每次聽的時候都提醒著我：「堅持、挑戰才能不斷地創造
奇蹟！」

最後謝謝 JJ 林俊傑，這是一個無法表達的感謝。

這不只是我的故事
而已。也是屬於你
和我的闖夢故事。

◯─◯ 舞台 KTV

常常會有人問我說：
「為什麼你表演時看起來都那麼快樂呢？」
「你在表演的時候到底都在想什麼啊？」
我總是會回答：
「因為我在做一件我很喜歡的事。」
或是「因為觀眾的反應會讓我覺得很有趣。」

而以上這些……都是事實！

我很享受每一次的表演，
我也很努力詮釋每一首歌本身的情境，
我希望帶給觀眾們身歷其境的感受。
而觀眾們也常常用笑容、掌聲和激動的情緒回應我，
每次我看到觀眾們這樣反應的時候，都會特別開心！
但其實在這些快樂和享受的底下，還藏有一個「神奇的秘密」！
這個秘密也算是我表演的秘方，

我想我的笑聲能夠如此的大聲且豪邁，就是透過這樣的方式操練出來的吧！

它幫助我在每一次表演的過程當中能夠更投入，甚至是大笑。

這神奇的秘密就是：我常常把舞台變成我自己的 KTV ！

很多第一次看我表演的觀眾朋友都會說：
「她的嘴巴一直動好好玩」、「她一直對嘴好有趣」之類的話。
但其實每次表演我都不是對嘴，
而是瘋狂地大聲唱歌，
這也就是為什麼很多粉絲常常拍照拍到我脖子爆青筋的原因吧。

因為爵士鼓的音量本身就蠻大聲的了，
再加上表演時所需的音樂，那個音量簡直是無人能敵！
所以在表演的當下，不論我怎麼嘶吼、破音、走音，也不會有人發現，
但有時候也因為自己太放任地唱歌，所以會不斷破音和走音，
導致我表演時也常被自己弄得哭笑不得。
而有些場合可能會跟觀眾的距離比較近一些，
這時候我就會開啟「靜音模式」，讓自己投入在表演之中。
所以呢，當我在表演時最好不要離我太近，不然我怕大家會被我嚇到囉！

○─○ 不完美的完美

身為一個表演者，總是想要把一場演出做到最好，
不只是因為熱愛，不只是因為它是工作，
也是對自己負責的一種表現。

我經歷過精心預備的演出，
彩排過無數次，正式上台後，得到歡呼和掌聲！
還有人會看著你說：你真的是太棒了！
那時候心裡就會有一種滿足，還有「我做到了」的感覺。

也經歷過，表演完後大家傻傻愣住看著你，
不是因為你的表演精彩到無法讚嘆，
而是你不懂自己在做什麼、
大家也不知道現在是什麼情況，
所以現場呈現一個尷尬死寂，
這時候在台上的你，就會覺得天殺的好想逃跑，
但也因為這樣，你會知道「預備」是怎麼一回事。

我也有過精心準備表演，但因為上台太緊張而表現不好，
或許不是什麼大錯誤，大家依然稱讚你好棒，
可是我知道自己沒有做到最好，
那時候心裡就會有一些些失落感，
而這樣的失落感其實會跟著我好久好久。

表演至今，已經經歷太多太多了，
我發現，一個表演者對自己負責任的標準並不在於觀眾的反應如何，
而是在於你為自己的評分是什麼？

所以現在每一次演出結束後，
我都會反覆回想剛剛的過程，
無論是表演或是訪談，
我都會去想哪裡有做好、哪裡沒做好？
哪裡做得比上次好、哪裡做得比上次差？
簡單來說，就是反省。

當我開始這樣檢討自己的時候，
就發現，沒有一場演出是「完美」的！

可是不完美並不是不好，
因為沒有人可以完全地去定義完美！

我們卻可以去追尋完美，
在每一次的表演當中讓自己更進一步、更突破一步，
我想即使它不完美，
但它卻因為你的負責，而更有意義！

對自己負責，就
是對大家負責。

三

不追求完美，
但要有意義。

○−○ 從眼神開始

我很喜歡欣賞各式各樣的演出，
也很喜歡上網找很多影片欣賞，
我覺得每個表演者都有一個屬於自己的表演靈魂，
而那個靈魂可以從每個表演者的「眼神」中被發現！
因此通常我在欣賞一場演出的時候，
都是先從眼神開始。

眼神可以表達一個人的狀態，
它可以傳達出這個人現在緊張、害怕、尷尬或是放空，
再細微一些更可以表達這個人的演出是為了什麼？
甚至是他在想什麼、他對他自己的想法是什麼！

一個成功的表演者，
他的眼神裡會散發出企圖心、堅定和歡喜，
姑且不論好與壞、醜與美，
只要有這樣的信心，就是最完整的傳遞、演出！

當然也不只是表演者，
所有在生活上的任何型態、拍照或只是走路，
眼神的準確都能夠讓一個人更美麗更帥氣，
當你眼神對了，所做的行為也會跟著改變。

我想「眼睛是靈魂之窗」就是這個意思吧！

擁有自信從相信
開始。
學習和鏡子裡的
自己對看。

○─○ 追隨那道光芒

追星不是一件簡單的事，
它需要毅力、耐力、財力、腦力，
有時候甚至是用盡了你全身上下的心力！

我其實也是一個名符其實的追星族，
我從國小開始追星，印象最深刻的是在小學六年級的時候，
媽媽還讓我跟學校請假去當臨演看偶像演戲！

當時我瘋狂到覺得每天關注偶像就是我的一切，
甚至還自己成立了一個粉絲後援會。

這一階段的追星是怎麼終止的呢？
原因也很簡單，就是因為那時候我的年紀還小，
我沒辦法參與到每一個環節，也沒有能力參加演唱會，
我覺得自己不夠資格，所以就停止了這第一波的追星瘋潮。

那二階段的追星是怎麼開始的呢？
放學後，我和同學走在每天回家必經的台北車站準備轉車，
這時旁邊有位街頭藝人正在唱歌，我同學拉著我停下腳步，
認真地聽了一兩首歌後，我覺得真的很好聽！
從那天開始我每天都會坐在那半小時聽歌，
然後投下微薄的零錢支持表演者。

那時候為什麼會瘋狂追星呢？

回想起來，過去的我在藝人身上看見自己所沒有的，
所以不斷地被那道光芒所吸引，
也因為是自己所沒有的，所以產生了崇拜而想追隨的心態。

過了那麼多年，我改變了！
現在我還是有欣賞的藝人，但隨著時間的流逝和成長，
開始思考未來和夢想後，
我不再像從前一樣只是「盲目」的追求，
而是看見然後產生學習的心態！

過去藝人對我來說就是「偶像」，但對現在的我來說他們更是「榜樣」，
吸引我的不再只是舞台上的光鮮亮麗，更多的是他們的經歷、過程和付出。

平常我很喜歡去看很多藝人的特別專訪，
因為那讓我了解到每一個人光鮮亮麗的背後總有一隻「醜小鴨」，
不是他們特別厲害，而是他們願意勇敢追夢！

透過他們的分享，我也開始學習去把屬於自己的故事整理出來，
然後分享給所有關注我的粉絲、朋友們。

我覺得有這樣的分享會讓一個藝人更有存在的價值，
因為我們所要傳遞的，不是我這個人有多好，
而是只要你願意去接受、去經歷這樣的個過程，每個人都可以成為「義」人。

不止做一個藝人，更要
做一個有意義的人！
不要限制自己，因為我
是沒有極限的！

○─○ 全新的每一步路

從以前開始，我就不斷在挑戰，
也許你們會想問，挑戰有沒有碰到什麼樣的難題或挫折？
我想說沒有，卻也要說有！

為什麼呢？
因為我很享受身在每一個挑戰裡面，
所以即使痛苦，我也會很正面地去迎接它，
面對挑戰，我只有一個想法，就是要讓它變成我的！
從舞蹈到打鼓是一種挑戰，而我不想持續在原地打轉，
所以我現在要挑戰下一個領域。

關於「藝人」這件事，前面的文章我有提到說這是我曾經的夢想，
但說實在話，我沒想過我有一天真的要去做這件事！
而現在我卻每一天都正朝著這個方向努力邁進。
當藝人真的是一件很不簡單的事，
站在台上的光鮮亮麗，是在台下數不清的練習和汗水堆積而成的，

簽進經紀公司後，
每一天我都不斷地吸收新的資訊、新的表演和呈現方式。

很多很多都跟我在進演藝圈之前想的天差地遠，
像是唱歌，不單單只是拿著麥克風而已，
而是當你拿著麥克風後，你就是「歌手」，
你就是這場演出的主角，
麥克風只是輔助你可以讓大家聽見你的聲音！
因為你是主角，所以你的身體律動、任何一個眼神，
都很重要，都會被放大，
這是我目前為止遇到最大的挑戰，因為這不是我的領域。

我因為唱歌這件事，也曾經崩潰地哭過，
不管我上網看了多少歌手的影片，模仿、對著鏡子練習，
但當我真正要做這件事、驗收的時候，
我卻還是詞窮（身體的、對話的都有），
這也證明了一件事就是：
努力不一定會成功，但成功一定需要經過努力。

我也被問過，如果你唱歌唱不好，何不只要打鼓就好了呢？

我只想說，我不是要證明我多厲害、我會做多少事，

我要表達的是，有機會你就要去做、去嘗試！

不然你沒做過，你怎麼會知道好與不好？

至少你做過，你也給了自己一個交代，

知道自己到底是可以還是不可以。

我相信，接下來我會遇到更多的問題、困難和挑戰，

事實上，我已經都準備好接受了！

從街頭藝人走向藝人這條路真的不簡單，

但卻也因為不簡單而更有意義！

只要信，不要怕，

是你的就會是你的，不是你的你卻有機會可以去爭取它。

所以接下來，我更需要你們每一個人的力量，

陪伴我走接下來的每一步路，

你們可以陪伴我一直突破嗎？

回答：_____。

因為辛苦，我更期待。
千萬不要小看自己了。

前輩們
教會我的事

即將前進的是一個陌生的世界，
有很多我不懂的事情，
謝謝前輩們給我的建議、鼓勵、和很多很多的包容！

比起食安風暴，
進入演藝圈更重要的是「腦」安

出道將近 30 年的佼哥，不止擁有資深的經歷，更樂於對新生代藝人分享自己的經驗，給予合適的建議。

佼哥說：「年紀不重要，腦袋什麼時候成熟比較重要。進這一行，要真心愛這一行。無論是誰，人生走到最後都是一縷輕煙，你能留下什麼？留下錢財是沒有用的，能留下一個名譽，才是重要的，讓人家覺得你真心喜歡這個行業，而不是覺得你只是來玩的。」

我們就像是
自助餐上的一道菜

羅小白：

之前有看過佼哥的書，有講到很多充實自己的方式，我覺得「充實自己」是很重要的事，想請問佼哥，充實自己最重要的部分是什麼，該如著手？

黃子佼：

以前的時代大概看四份報紙就可以知道天下事，然後再稍微涉略一下圈內的事，就會知道大家在做什麼。

現在這個世代最麻煩的是資訊的挑選和整合，要如何吸收、再消化、然後去釋放，是最重要的事。必須要花很多力氣去搞清楚這個世界、演藝圈在做什麼，才能融會貫通。

對談人介紹 黃子佼

1988 年出道，幕前主持多項廣播節目、電視節目、各種活動，為多屆金鐘獎最佳主持人；幕後擔任電影導演、廣告導演、電視節目製作人；喜愛創作，出版著作十餘本、於多家媒體撰寫專欄，包括音樂、旅行、藝術等題材，被譽為「跨界才子」。

現在的資訊太多，容易吸收不完全，這樣就沒辦法宏觀的看演藝圈，如果你看的東西很窄，可能就走偏了。怎麼知道你看的東西窄不窄？比方說你在臉書上追蹤的是一些喜歡把自己負面情緒都發洩在臉書上的人，那麼你接收到的就都是憤怒的情緒，看著看著你也很容易就變成這樣的人，這就代表你看的東西可能比較窄。

羅小白：

真的，之前有陣子我看到朋友常常在抱怨打工的事情，什麼客人很奧、老闆很摳，每件事情都看不順眼，看久了我有點被影響，好像我變成他的角色，明明沒有遇到什麼事情，心情卻變得不是很

好，我媽還以為我怎麼了，我仔細一想才發現我還真的沒有怎麼了（笑），所以後來我就開始提醒自己，也少看一點這類的訊息，才不會被影響到情緒。

黃子佼：

藝人的狀態一定要保持淡定，太急、衝太快，不見得會成功，反而容易出亂子，當然太慢、太笨都不行。

我最近寫了一篇文章剛好講到這點，許多藝人都會往中國發展，也都想往中國發展，但是中國市場不是每個人都適合去，我們就像是自助餐上的一道菜，等著別人要不要吃，而不是自己塞進別人的嘴裡。有些藝人會很急很焦慮，覺得公司都不幫我安排去大陸演出之類的，

公司也會覺得你不懂事，其實也不是不懂事，而是你沒有搞清楚狀況。

羅小白：

之前有位長輩有提醒我，當我還在唸書、還是小孩的時候，難免會有個性太尖銳、事情沒有想清楚，或是想太少的情況，可能大家會覺得你是小朋友，不太會跟你計較，但是出社會以後開始工作，就不是這麼回事了，要保持在中間值，不要自以為很會，講話前也要多想想該不該說，這應該就是佼哥的淡定吧！不過這也是我要多多練習的地方。

不怕沒時間，
而是怕花了時間卻看錯

羅小白：

佼哥都花多久時間去看這些資訊？

黃子佼：

我從小就習慣閱讀資訊這件事，所以沒有特別花多少時間做這件事或會不會覺得很有壓力，比方說我剛才化妝時就看完了一本某百貨公司的特刊。

其實什麼東西都是資訊，即使傳單也都是資訊。從某百貨公司特刊上能看到最新新品、吸收 Fashion 的資訊。現在手機很方便，隨時都可以滑，只是回到剛才的話題，你看的是什麼？滑一下朋友都在看什麼？都在追蹤一些搞笑影片、發洩負面的情緒？不是說不能看，而是當你都把時間花在看這些的時候，就太窄太偏了。

不怕沒時間，而是怕花了時間卻看錯了、吸收錯了。有限的時間內看了什麼，才是重要的。就像吃東西一樣，不要單吃一種東西，媽媽從小到大都會一直在你耳邊說的，青菜要多吃一點啊！不要只吃肉啊！什麼都要均衡攝取，這道理誰不懂？但人人都懂食安，卻不懂

「腦安」，怕傷身，卻不怕傷腦。

看書也是，勵志的書看兩三本就夠了，其他可以多看雜誌等其他刊物。其實這幾年我比較沒時間看書了，但我以前花了很多時間在閱讀，所以即便是現在我還是可以跟你侃侃而談這些事情，這就是我做過的功課，但以前我在看書的時候，並不是抱持著做功課的想法去看的，而是我真心喜歡看書，喜歡閱讀這件事，就像我喜歡看電影，並不是因為我想主持金馬獎而去看電影，但當我看電影看到一個程度的時候，就有所累積，人家就會找你去主持記者會、首映會，甚至到最後是金馬獎。

我沒有計算我到底花了多少時間去看電影，但我必須說，我看電影並不是因為我預言未來我有一天會主持金馬獎而看，我什麼都看，艱澀的藝術片我看，輕鬆好笑的喜劇片我也看。所以這個問題你必須自我檢視，想做什麼事並不是為了什麼目的。

羅小白：

我從開始接觸打鼓以後，就養成習慣一直在看不同的人打鼓的影片，也很喜歡看，看好幾個小時都不會累，佼哥的建議讓我想到，看影片除了學習，也應該要試著分析、可以講出優缺點在哪，也許會學得更快。

因為網路而存在、因為網路而失業

羅小白：

進演藝圈有很多種方式，像是歌手、演員、主持，或是素人、街頭藝人轉型，這些方式的不同會影響演藝圈的發展嗎？

黃子佼：

關於素人、街頭藝人這件事，其實網路幫了很多的忙，有了網路，你的作品很容易就可以蔓延到全世界，但同時也會變成一種障礙，例如原本點擊率很高，為什麼後來就沒有這麼高了？這反而是一種會框限住自己的障礙。以什麼樣的方式進入演藝圈倒是沒有什麼關係，關鍵在於你怎麼去維持自己的人氣、自己的演出。

現在有許多藝人或是網路紅人，雖然在網路上滿受到歡迎，有很多年輕人喜愛，粉絲頁按讚人數也不少，但是一旦推出專輯、書籍等作品，效果卻不是太好，

這可以反思，其實網路的點擊、人氣相對來說都是比較虛幻的。如何把虛擬世界的人氣延伸到現實生活中才是重要的。

不管從哪裡出道，演藝圈這行業最重要的還是你有多少工作，工作建立在每一次工作的盡善盡美、獲得口碑，而不是網路上的按讚。

我也常建議年輕的藝人，即便你的口才再好，也不要和網友筆戰、對罵，有時你覺得你酸了一個人，但實際上是和對方的家人、朋友都為敵了，被你酸的人把你的話給身邊的人看，得罪光了，你也因此而失去了潛在的工作機會，你以為自己是在 do something，但其實是得不償失，因為網路有了人氣，也因為網路沒了工作。

羅小白：

平常看粉絲頁，雖然大部分都是很喜歡我的粉絲，但有時候還是會遇到一些不了解我的人，就是飄過來批評一句，真

的會覺得好莫名其妙啊！一開始也會覺得很沮喪，後來想想覺得何必為不認識我的人而不開心，至少喜歡我的人比不喜歡我的人還多很多啊，而且大家也都很關注我的一舉一動，我做了快樂的事，他們也都會為了我感到開心，好像我的家人一樣，我覺得這些粉絲才是我更應該在乎的。

黃子佼：

是的，總是會有人在角落默默觀察你做的每件事、說的每句話，但你不知道是誰，而這些人有可能就是你的貴人。如果你是一個很有情緒的人，那公關公司、唱片公司就會覺得卻步，為什麼要找一個平常就在臉書上胡言亂語的人做業配、置入？你的一舉一動都被觀察著，導致之後發展的各種可能，也可能因為你的特色、表現，而獲得更多的工作機會，但這需要多少時間？是沒有期限的，一直都在進行。

話說回來，有時候你出書、出專輯，效果好不好、成功與否，也不見得是因為粉絲支持或不支持，有時候是 Timing 的問題，可能現在大家就不想聽你唱歌，你卻出唱片，時機點不對，效果就不會好。比方說我現在出書，好像還不錯，有些人會看，但其實我之前也出了好幾本書，寫的也還 OK，可是沒這麼多人看，就是時機不對，你現在想做什麼，但大家並不一定這樣覺得。

等是最痛苦的，等的過程很多人就放棄了，當你放棄的時候就被看穿了，你不是真心的，你是有目的性的。

懂得發自內心，
就算整形也能讓記者放過你

帽帽哥給羅小白的真心告白：「進入演藝圈，誠懇真的很重要，懂得發自內心。明白努力不一定會有回報、不一定會成功，但想要達到成功，努力是一定要的。

作品很重要，你很會打鼓這是大家都知道的，但接下來要出單曲了，我不知道你歌唱得怎麼樣，但如果不會唱歌，就把歌學好、唱好，雖然唱歌需要天份，如果沒有天份，努力學習至少可以達到安全的標準。」

網紅的一舉一動
是即時新聞的關注焦點

羅小白：

帽帽哥當記者這麼久了，最喜歡報什麼樣的新聞？

帽帽：

娛樂新聞最重要的是「八卦」、「緋聞」，藝人談戀愛、結婚生小孩、分手吵架離婚……藝人的感情生活是讀者們最愛看的。不過現在是即時新聞盛行的時代，大家已經沒有這麼愛看報紙、電視了，手機滑一滑改看網路新聞，有時候媒體為了點擊率，就會下一個很曖昧的標題，吸引讀者點進去看。像是我之前有注意到一個跟你有關的新聞，跟外賣有關的那個。

對談人介紹 吳禮強（帽帽）

資深媒體人，是記者也是製作人，寫新聞、寫歌詞也寫書。
演藝圈的人叫他帽帽，採訪犀利，卻是個溫暖的人，是許多
大明星又愛又恨的好朋友。有人說娛樂新聞是扒糞、是八卦，
認為娛樂新聞沒有價值，不過身為資深娛樂記者的他說：「八
卦之心人皆有之。」而且，你敢說你絲毫不八卦嗎？

羅小白：

帽帽哥是說我被交友網站盜用照片 * 的
那件事嗎？（大笑）

（* 羅小白曾被色情交友網站盜用照片，假
造吃飯出遊的消息，造成粉絲們的憤怒，後
已澄清為盜用，是烏龍一場，花再多錢羅小
白都不會因此而跟你約會喔！）

帽帽：

對啊，看到的時候我第一個反應是羅小
白耶！誰要找她外賣呀？我的意思是
說，一般來說這種網站不是都會找那種
性感女模的照片嗎？但你是很純真、比
較小孩的樣子，感覺跟這種網站很不搭。
當記者久了對於這些事情都會比較敏

感，想說這應該是炒作新聞吧？不過說
實在的，這類的新聞點擊率就會很高。

羅小白：

這件事還真的不是炒作，一開始粉絲跟
我說的時候我還覺得超好笑的，就跟帽
帽哥說的一樣，誰要找我啊？不過沒想
到後來越來越多粉絲跟我說這件事，而
且都很生氣，我才發現原來粉絲是很嚴
肅對待這件事情的，他們都很愛護我，
不希望我被這件事影響形象，新聞也報
導了，公司也很快處理了這件事。

帽帽：

以前的八卦新聞是在講藝人私底下做了
什麼，現在多了即時新聞，新聞需求量

變得非常大，就多了很多藝人或是網路
紅人在網路上做了什麼的新聞。

網路媒體因為本身就是與網路有關，知
道自己的讀者喜歡什麼、想看什麼，所
以特別喜歡做網紅的話題，但對於一些
網路黏著度沒那麼高的讀者來說，可能
就不太認識這些網紅，像有一次某個網
路媒體做了八大網路男神的報導，結果
我大概只認識一個，感覺現在招牌砸下
來隨便都會砸到一個男神。

不要假，
假也要假得讓人看不出來。

羅小白：
我現在開始有比較多被記者大哥大姐採
訪的機會，但有時候還是會覺得怕怕
的，因為不知道我回答的對不對、好不
好、是不是記者大哥大姐們想要的答
案，雖然回答的圓融一點會比較保險，
但好像又有點無趣。

帽帽：
我的建議是「不要假，假也要假得讓人
看不出來」。

我相信藝人在大家面前一定是呈現最好
的一面，包括工作或形象的塑造，有些
比較真實有缺點的一面會被隱藏起來，
但如何不讓人覺得做作是很重要的事。

「發自內心」這件事很難，需要經過很
多時間的歷練。我覺得蔡依林是一個很
好的例子，也是可以學習的對象。她
以前是少男殺手，被唱片公司包裝出
來的偶像型歌手，初期自己也比較不
知道要做什麼，乖乖按照公司的安排，
那個時期雖然有很多粉絲，但也常常
被惡意批評。

羅小白：
後來她也很努力，新聞那時都報導她是
「地才」，練鋼管舞、體操、彩帶舞……
很多特技，我覺得好厲害。

帽帽：

對，那時雖然真的很努力，但討厭她的人會覺得努力又怎樣，每個人都很努力啊，結果這幾年，蔡依林慢慢變成一個指標，她用舞曲得到金曲獎、在歌裡傳達各種社會議題、婚姻平權，都獲得很多人的支持。

我在去年金曲獎她拿到最佳專輯之後專訪她，才發現她是真的改變，散發來自內心的誠懇，她上過一些類似能量開發的課程，開發內心的正面能量，所以後來大家都很喜歡她、記者也很喜歡她。

羅小白：

但如果有時候被問到不能回答的問題要怎麼回答比較好呢？

帽帽：

演藝圈被容許必要的謊言，但前提是在講這些謊言的時候不要太做作、不要太容易被拆穿。有些漂亮的女藝人，光是臉就已經覺得是「做」出來的了，連氣質、表情、說話方式也很像是做出來的，

明明大家都知道她在跟誰談戀愛，她還說「沒有呀～現在就是以工作為主」，記者懂得藝人需要顧及形象或粉絲的感受，但藝人可以用技巧性的回答，讓採訪的記者可以交差，感受到你的坦承，下筆的時候也比較願意斟酌。

有一次我採訪某個女藝人，她的整形傳聞不斷，但她始終否認，於是我問她可以摸她鼻子嗎？她硬著頭皮讓我摸，一摸果然是假的，但看在她大方讓我「驗貨」的勇氣，後來我並沒有寫出這件事情。

羅小白：

帽帽哥要摸摸我的鼻子嗎，我真的也沒有整喔＊！（笑）

（＊羅小白純粹只是調皮搗蛋愛開玩笑而已，除了矯正牙齒之外，全身上下純天然！）

從網路老鳥
變成演藝圈新人

同樣被貼上「網紅」標籤的這群人，在和小白見面之前，就已經先從網路上的影片認識對方，並且互相按讚。對於網路爆紅這件事，同樣身為網紅的這群人和羅小白是否有不一樣的看法？

前進
沒有比較好？

羅小白：

你們現在有人出了 EP、有人開始演偶像劇，等於在網路短片這個領域已經站穩了，要從網路往演藝圈發展，進入演藝圈之後你們的作品就不只限於以前拍的影片了，那你們會不會擔心，之後要做的事情，沒辦法超越以前做的事情？還不如做原本的事情就好了？

茵聲：

不會呀！

羅小白：

就是怕做了反而反效果，像我會擔心，我出了 EP，萬一大家覺得我唱歌沒有唱得很好，那不如回去打鼓比

對談人介紹 **這群人**

我們超愛演，停不下來了！

由茵聲、基榮、瑞室、石頭、董仔、尼克、木星所組成的搞笑團體「這群人」，演出許多幽默短片上傳至 YOUTUBE 頻道供人欣賞，熱門影片點擊率累積超過五百萬人次。

較安全。你們會不會有這樣的擔心？

瑞室：
我是覺得，如果不去試的話，我們真的不會知道結果。

董仔：
其實我們很清楚知道可能會有不好的狀況，所以我們不會停止拍片。

基榮：
對，你原本的東西不要中斷。很多人在選擇轉型的時候，把原本擅長的完全拋開，但我覺得你一定要非常清楚你的身分、你是誰、跟觀眾為什麼會喜歡你。我們很早之前就討論過這個問題，很清楚知道觀眾喜歡我們演戲，即使我們有各種不同的嘗試，比方說我和茵聲去參與電影演出，我們的想法很簡單，我們沒有要這部電影可以為我們帶來什麼太大的回饋，只是覺得應該要去嘗試、去學習別人怎麼指導演戲、或是學習電影界是怎麼拍電影的。

瑞室：
除非說你去做另外一件事情，超出你原本預期的、勝過於你原本的，那就另當別論。

基榮：
也有滿多例子是，有些網紅受到電視節目的邀請，就一頭熱的加入，原本自己和粉絲互動的平台就全部荒廢，然後等

到他們再回到原本的地方的時候，就發現這些粉絲已經不習慣他們了。

董仔：
不能被誘惑勾走，要抓住自己。

茵聲：
應該是說，我們在演藝圈是新人，但我們在網路世界已經不新了，可以說是老鳥了，那在這之間的銜接，要怎麼去調適自己的心情，如何去做好原本還在做的事情，但還是要接受新的挑戰。會很忙啦，自己和自己會有一段磨合的時期。像是我和一起演出偶像劇的演員去宣傳的時候，大多粉絲以看電視為主，就會很喜歡其他的演員，但我不能因為這樣就氣餒，我會告訴自己，這些粉絲是看偶像劇的粉絲，但我還是擁有我原本的粉絲，而我現在要如何做到讓這些演員的粉絲群也喜歡、接受我這樣的新人？應該要抱持著這樣的想法去面對未來的每一件事情。

木星：
我覺得茵聲對這點還滿看得開的，比方說記者會她沒被問到幾題，我問她怎麼會這樣，她就說，沒差啊！被問到我還會更緊張好不好。我覺得她調適的還滿好的。

茵聲：
因為我覺得大家坐一排，如果記者都問我的話，那我要怎麼去面對其他人，他們在演藝圈都是比我資深的前輩，如果我搶話，很容易顯得不討喜，還不如安靜一點，這樣其他人會覺得我比較討喜，也會想照顧我，有機會就丟話給我。我覺得至少有拍到照就好，因為這就是新人的很新的開始，該退的時候就退，是你的就會來。

面對
負面批評的 SOP

羅小白：

你們是從網路出身的，你們有想過會這麼紅嗎？或是會被大家接受？

基榮：

是真的滿意外的。因為我們拍第一部影片的時候真的是拍好玩的，給朋友看的。其實我們一開始壓力很大，是因為很少有人是透過影片或是團體演戲爆紅的，大部分爆紅可能是很會唱歌、煮菜、有特殊的個人特質而爆紅，所以當時其實遭受很多專業的人士的眼光、意見，例如說「這種次級的影像我看不下去、這種低劣的畫質還學人家拍片、長這個樣子不適合當演員、我看到他我就出戲」，那時候 Youtube 影片下面有很多滿難聽的話。

羅小白：

我和你們的情形滿像的耶，我一開始學鼓不是跟專業的老師學的，是自學的，所以很多人批評說我打得不專業，憑什麼這麼紅。

茵聲：

但我看得很爽好不好我看得很爽好不好我看得很爽好不好～很爽～

木星：

我們是觀眾我們喜歡我們最直接～

羅小白：

我鼓棒甩得這麼高你們接得到嗎你們接得到嗎你們接得到嗎？

茵聲：

所以你全都自學？

羅小白：

對呀，自己學，看影片學。

木星：
包括這樣轉轉轉然後咻咻咻，然後揪嚕揪嚕？（一堆手勢）

羅小白：
對呀，就從轉筆開始練習。

瑞室：那你一開始看到那些留言，會不會跟我們一樣很難過、很受挫？

羅小白：
一開始會，但我覺得我調適得還蠻快的，因為我很認清自己就是這樣不是專業出身。

尼克：
但怎麼聽起來很像跟專業的差不多。

羅小白：
因為我知道自己不夠專業，所以我就一直練習現在流行音樂的節奏，把它練好，然後觀眾看了就覺得很喜歡。

茵聲：
因為我們是直接面對網路留言的，我們在看留言的時候已經練就第一個看到最難聽的留言，第二個接收、第三個就生氣、第四個就覺得「不然你來做啊！」、然後第五個就是反省。

羅小白：
哈哈哈這個 SOP 不錯。

基榮：
中間那個過程「不然你來做啊！」，我們有一個群組，就會在裡面小罵一下、抱怨一下「說這什麼東西啊！」

木星：
然後說「好啦還是可以改啦！」

基榮：
對啊所以你會發現其實我們有個優點，就是會刻意在下一支影片改進被批評的這些缺點。

茵聲：

我們還是有反省的啦！但因為不可能有人被罵還一點感覺都沒有，所以我們還是會小難過。

瑞室：

小白我問你，像我們這樣團體出來，難免會被比較說誰演的比較好、誰比較好笑，那你會嗎？比方說被跟同樣表演打鼓的人比較，你會怎麼想？

羅小白：

會啊，有些人會說誰誰誰打鼓打的比較好，我也是會不太高興，但我覺得要尊重啦，因為現在網路這麼發達，每個人都有發言的權利，如果你喜歡別人的話，我還是一樣做我自己呀，我不會因為你喜歡誰誰誰，我就要變成他。

茵聲：

那你心態很對呀！很棒！

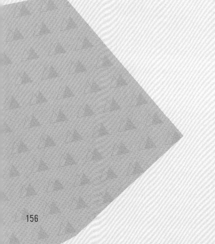

小白是難得的女兒

在小白心中，她有兩個父親，一個是親生父親白爸，另一個是信仰上幫助她的屬靈父親顧其芸牧師。在三年的日子裡，牧師不斷鼓勵、成全小白，勇敢活出上帝創造她純真、樂觀、卓越的生命；成為一個為主作光作鹽的基督徒藝人。

困惑是必然，
努力經營年輕的生命

羅小白：

我進入新生命教會已經三年了，這三年當中牧師一直對我很好，很照顧我，在牧師的眼中我是什麼樣的人呢？

牧師：

我這一生最遺憾的就是沒有女兒，我有兩個兒子，我很愛他們。我常常想，如果我有女兒，她會是什麼樣子，我會怎麼扮演好父親的角色？小白在教會就好像我屬靈的女兒，像張白紙般單純，是讓人容易親近的女孩，也是個真實的人，時常向我分享心裡的話。除此之外，小白還非常有智慧和才華呢！所以，牧師很喜歡看小白的表演，聽她說、看她笑，在我心中就是一個純真、積極、健康、喜樂的孩子。這樣的女兒，要上哪找呢？

對談人介紹 顧其芸（新生命小組教會主任牧師）

「為了台灣的年輕人，我願意改變自己！」

新生命小組教會，是顧其芸牧師為了讓年輕人認識主、靠近主而成立的教會。他勇敢跨界放下傳統牧師的包袱與形象，背負教會界的議論，改變自己，做一個充滿創意、不一樣的牧師！為了更貼近這世代的青少年，聽見他們的需要，將耶穌的愛分享給他們。

羅小白：

哈哈，牧師真的把我講得太好了，難道在爸媽的眼裡自己的孩子都是最完美的嗎（笑）。

每次主日聽牧師講道的時候，都有很多收穫，牧師一直帶領我們往好的方向前進，現在有許多喜愛、支持我的粉絲，他們大部分都還是學生、和我的年紀差不多，我也很想和牧師一樣帶領他們往好的方向前進，但又不太知道要怎麼給他們東西、要怎麼給他們方向，我該怎麼做比較好？

牧師：

牧師鼓勵你，就是勇敢活出上帝給你最真實的自己就好了！第一次看到小白上台表演，我就變成粉絲了。就明白為什麼那麼多人喜歡你、支持你，因為你最吸引人的地方就是真實不做作的感染力。好像天使一樣，把純真喜樂帶給大家，對現在的年輕人來說，要真實的做自己是很難得的。

小白就是有這樣自然的特質，能親切且豐富的向年輕人分享你的生命故事。鼓勵他們面對挑戰，跌倒了再爬起來，繼續勇往直前。所以，要繼續保有這樣的純真，在主面前做真實的自己，是就是、不是就不是；真實再加上智慧，相信你會愈來愈有自信，活出多彩多姿的生命。

幫助他們找到自己的理想，鼓勵他們真實、紮實、誠實、確實地去實踐夢想。

因為，年輕的時間相當寶貴，不要留白也不要怕犯錯，讓每個年輕人都對生命有使命感、有熱忱，去冒險。你可以去了解現在很流行的 Gap Year，在升學的前一年空檔去不同的國家，透過差異增廣見聞，學習積極、正向、健康、豐富、多元的人生經驗。

牧師鼓勵小白，透過表演來激勵年輕人經營他們精彩獨特的生命。更不要限制自己，多參與公益活動、關懷社會每個角落、服事有需要的人。

追求價值，
勝於價格

羅小白：

網路紅人是這幾年很常見的名詞，我自己也常被媒體冠上這個名稱，牧師是怎麼看待這個現象的呢？

牧師：

我個人認為，網路紅人是時代性的趨勢，如果是一個趨勢的話，其實也能算是藝人的一種。因為現在已經是社群的世代了，網路紅人的影響力很真實，也很直接，擁有很多鐵粉。所以在經營網路社群的時候，要更有智慧、專業、卓越，我覺得在這當中會有許多機會，值得把握、學習。

以前大部分的藝人有經紀人保護，但網路紅人就不是這樣，透過網路媒體，自

己就能直接面對所有的人。所以無論講什麼，透過社群、臉書、直播……等，會毫無隱藏的呈現在幾十萬人面前，所以要說什麼、要做什麼，都要成為粉絲的好榜樣。

羅小白：
我正在努力往藝人的路上前進，牧師在教會中也帶領很多藝人，牧師覺得藝人需要特別注意什麼呢？

牧師：
我想，藝人是公眾人物，一舉一動都有影響力，是有社會責任的。所以我鼓勵小白，成為積極、正面、健康，而且上進認真的藝人，不要迷思在掌聲當中，透過才華、創作、表演，勇敢有智慧的表達，並傳遞自己的價值觀。記住！要追求價值，勝過於價格！

藝人們的際遇有高有低很正常，有新的藝人出來，表示代代相傳。因此，要尊敬前輩、提攜後進，大家彼此鼓勵、彼此成全，因為每個人都非常獨特，無分好壞。所以莫忘初衷，只要記得牧師的鼓勵，用敬業的態度，盡心盡力的去經營各方面演藝的事業，這就是我期待的。

把最後留給最重要的人，
我的白家人

謝謝你們的讚、你們的陪伴，
我記得每一個時刻，
包括你們的表情、熱情，我記得每一個存在。

◦─◦ 白家人的陪伴

家人是什麼？

家人是可以交談的對象，

家人是一直都在的陪伴。

當你做錯事的時候，即使再壞，家人總是會原諒你，不斷地教導你，

當你有開心的事時，最能聽你分享的總是家人們，因為你的事就是我的事。

那「白」家人呢？也是如此。

因為有你們的陪伴，每一次的表演都如此溫馨，

因為有你們的陪伴，即使我遇到挫折也能再站起來，

因為有你們的陪伴，我感受到另外一種不一樣的愛！

謝謝你們成為我的白家人，
此刻我也希望成為你們的白家人，
這句話怎麼說呢？
就是我希望不只我在你們身上索取，
你們也能從我這邊得到些什麼，
不只是剎那間的快樂，
不只是剎那間的激動，
而是在生命裡永恆的突破和改變！

我相信白家人會是很特別的一群人，
因為我們不只有熱情，
我們還會擁有行動力，更要有實踐力，
最重要的是因為我們是家人，
所以我們能互相包容、扶持、加油打氣！

家人就是沒有人會被放棄，或被遺忘。

白家人就是要活力飽滿衝到底啦！

在此我要設立一個白家人的「家訓」，

熱情、實踐、鼓勵。

親愛的朋友們，你們預備好成為「白家人」了嗎？

◯◯ 一起破紀錄

常常會有人問我：「哪一次的表演是你印象最深刻的？」
我總是要想好久好久才能回答這個問題，
為什麼呢？
因為如果講每一場表演都很棒，所以也沒特別記得，
你們一定會覺得老套或是沒心吧？

但在這邊我要說：
印象深刻通常指的就是那短暫的幾秒鐘，
偏偏我的記憶力也不是那麼好，就是記不起來那幾秒鐘，
最多就記得一些奇怪的和詭異的，
不然就是一些好笑的，也沒什麼特別。

所以這次我要換個問題來回答！
如果你問我：「每次的表演當中你最深刻的是什麼？」
我會回答：「是每一位粉絲們。」
我想看到這你們一定又會覺得：這是客套吧這個！

但我要告訴你們，這是事實！

或許我不記得每一張臉孔，但我認得你們臉上的表情，
我深刻的是你們總是比我提早好多時間到現場等待，
我深刻的是你們看著我雖然面無表情卻隱約有種滿足的感覺，
我深刻的是當我轉向你們，你們的閃光燈就會閃個不停，
我深刻的是只要有我們在的地方就會變得好熱鬧，
我深刻的是你們總是在陪伴著我「破紀錄」，

一次比一次更溫馨、一次比一次更有默契，
一次比一次更熟悉彼此。

要不是因為有你們，常常我也會不知道我哪來的勇氣！
謝謝陪著我一直破紀錄的你們，
未來我們要一起突破更多精彩的時刻，
你們說好嗎？

○─○ 每一個讚

曾經我很在意臉書上的每一個讚，
因為多一個讚就代表多一個人認識你，
因為多一個讚就代表多一個人支持你，
因為多一個讚就代表多一個人喜歡你。

後來，我發現，當我越在意每一個讚的時候，
我就越被限制住了！

我發現，原本的我只是單純地想要表演給大家看，
卻因為讚，我去討好別人，也因為讚，去跟別人比較。

原本的我想要帶給大家快樂，
卻演變成大家給我的讚影響我快樂不快樂。

發現，原本的單純因為讚變得不再那麼單純了！

那是什麼原因讓我不再那麼在意要去索取每一個讚呢？

有一天我的牧師問我說：「小白啊，你現在有多少粉絲啊？」
我：「大概五十萬吧！」
牧師：「哇，那你要帶這五十萬人去哪呢？」
我：「蛤……？」（完全不懂意思）
牧師：「你是這五十萬人的牧師呢，你要給他們什麼？」
我：「嗯……」（完全不知道了）

當然那一天，我沒有給牧師一個答案，
因為那是我從未想過的事情！
但我把這樣的問題，帶回家想了好多天好多夜，
直到下一次牧師再次問我，我還是沒有辦法回答，
但這次牧師多加了一句話，
他說：「每一個讚的背後都是一個名字，都是一個靈魂。」
我就聽懂了！

每一個讚的背後都是一個名字，都是一個靈魂。

每一個讚的背後都是一個名字，都是一個喜歡我表演的人。
每一個讚的背後都是一個靈魂，都是一個看我表演後期待生命也精彩的人！

所以我能做的不只是等待下一個讚的出現，
而是怎麼樣帶著這五十萬個讚一起找到屬於自己生命的精采！

這樣講或許很抽象，或許你們看的不是很明白，
但謝謝你們願意為我留下那一個讚，讓我知道有你的存在。
希望透過這本書，能帶給你一種前所未有的勇氣，
然後讓我陪著你一起去闖蕩、一起去實踐！

每一個讚的背後都是支持我的你，是那個我在乎而且不會放棄的你。

做一個不被讚影響的人。
做一個影響讚的人。

👓 你最想問小白的問題──粉絲Q & A

Q1：小白最大的夢想是什麼？

我最大的夢想不只是希望大家認識我、喜歡我，而是看見我的故事和經歷，相信自己也能成為夢想家！簡單來說，就是希望每一個你都能找到自己生命的方向和價值啦！

Q2：我也想打鼓，該從哪裡開始呢？

首先呢，你需要先認識爵士鼓裡面每一個鼓的名字是什麼！因為你要先認識它，才有辦法控制它嘛！再來呢你需要一雙鼓棒，然後對著枕頭左右手連續敲擊，記得每一下要平均力道和速度，練到協調為止，最後覺得還不夠的話，就可以去音樂教室找老師囉！

Q3：我也想跟小白一樣，我也想轉鼓棒！

這題其實是我常碰到的問題，就是大家很想請教「轉鼓棒」這回事！但我真心的建議大家，先把基本練好再來處理這件事，不然你會跟我一樣之後要跳回來練基本，是很痛苦的～所以請先好好練鼓，不然上課時轉轉筆，拿到鼓棒也會上手的，哈哈！

Q4：這一路小白從街頭表演到現在有自己的作品，從無到有，小白的感觸是什麼？

我很喜歡這一題！當然這過程我個人覺得非常的不可思議，甚至會覺得這一切是真的嗎？但也因為這樣我更把握每一次的機會，因為錯過了就不知道下一次在哪裡了。

Q5：支持你不斷努力的動力是什麼？

其實就是愛我的每一個人。人很有限，我也很有限，有時候也會很累也會不想做，但看到很多人無論是粉絲或是公司或是家人們，一直為我加油還有努力，我就知道我不能放棄，當然最終的動力就是我的天父爸爸，因為祂一直推著我告訴我：「你可以！」

Q6：為什麼打鼓時耳機只帶一邊？

這是一個非常有技術性的問題！因為表演時鼓沒收音，所以我需要一耳聽音樂，一耳聽鼓聲，當然也是我不想只在自己的世界裡，更多想要聽到外面的聲音和觀眾們的反應。

Q7：小白為什麼你英文和台語好像都不怎麼好呢？

其實我自己也有很大的疑問，有時候我真的覺得自己好像有學習語言的障礙！但也有可能是記憶力比較差的關係吧？總之我現在很努力地在學習，大家為我加油吧！

Q8：常常拍照拍到你眼睛不見了，是真的閉起來了嗎？

這我一定要鄭重說明，我的眼睛從來沒有閉起來過！是天生笑起來就會瞇在一起，但即使看起來是閉著的，我還是看得到你們每一個人啦！

Q9：為什麼你常晚睡？

這就是身為一個藝術人的生活（這是藉口吧？），其實也是覺得一天 24 小時很不夠用，而我的個性常常就是做一件事一定要做好不然我不會停，可能也因為這樣，進入自己的世界後就忘記時間了。

Q10：小白對於未來的演藝之路有什麼規劃？

帶著一個活到老學到老的觀念，我喜歡嘗試也喜歡挑戰，當然是能做什麼就做什麼，最好可以成為一個樣樣精通的藝人！希望你們會一直陪伴著我，啾咪！

特別感謝白家人提供你們眼裡的羅小白，這些照片讓這本書變得更完整，更值得紀念。

照片提供｜
方信雄、方映瞧、吳竺諭、吳盛偉、周文、林鈺祥、施凡偉、莊秉謙、連建華、郭富嘉、陳廷愷、陳治綸、楊弘瑋、鄭小乖、賴君儒、謝耀洲、藍天、蘇竹利（以上順序按照姓氏筆劃排列）

羅小白
我相信我的獨特 散文寫真 全紀錄

作　　者｜羅小白

攝　　影｜二三開影像興業社 林永銘

美術設計｜東喜設計 謝捲子

副 主 編｜楊淑媚

責任編輯｜朱晏瑭

校　　對｜朱晏瑭、楊淑媚

行銷企劃｜王聖惠

經紀公司｜上行娛樂　　服裝提供｜DEBRAND

攝影場地提供｜小草 作 GRASSPHERE、FUJIN TREE 353、六絃樂器

董事長、總經理｜趙政岷

第五編輯部總監｜梁芳春

出版者｜時報文化出版企業股份有限公司

　　　　10803 台北市和平西路三段二四〇號七樓

　　　　發行專線一（〇二）二三〇六一六八四二

　　　　讀者服務專線一〇八〇〇一二三一一七〇五

　　　　（〇二）二三〇四一七一〇三

　　　　讀者服務傳真一（〇二）二三〇四一六八五八

　　　　郵撥一一九三四四七二四時報文化出版公司

　　　　信箱一台北郵政七九～九九信箱

時報悅讀網｜http://www.readingtimes.com.tw

電子郵件信箱｜yoho@readingtimes.com.tw

法律顧問｜理律法律事務所　陳長文律師、李念祖律師

印　　刷｜詠豐印刷有限公司

初版一刷｜二〇一六年七月一日

定　　價｜新台幣三五〇元

國家圖書館出版品預行編目 (CIP) 資料

羅小白 我相信我的獨特：散文寫真全紀錄 / 羅小白作. --
初版. -- 臺北市：時報文化，2016.07
面：　公分
ISBN 978-957-13-6664-7(平裝)

855　　　　　105009675